KB199426

유물론

민음의 시 ● 330

유물론

서동욱 시집

민음사

자서(自序)

아파트 창밖으로
쓰레기장이 파랗게 빛난다
벼락을 맞아 충전된 건전지들이
폐건전지 통에서 빛을 내고 있었다
폭풍우가 친다
벼락이 밤새 한 인간을 찾는다

2025년 봄
서동욱

차례

서재에서 빗소리

어두운 방은 빛이 없는 방이 아니라
사물들이 놀라지 않을 만큼
어둠이 빛을 머금은 방이다

그래서 어둠이 방을 개방한다
사물들 모두 잠든 걸 알게 되면
빗소리가 조심스레 방 안에 들어선다

소리는 모로 누운 이의 귀를 가만히 살피다
안으로 들어와 탁한 연못 같은 한 영혼을 바라본다
그러곤 운다

탁탁 물 표면에 번지는 빗소리
빗방울을 모두 잃어버리며
연못에 점점 맑은 물이 스며든다

홀로그램

달은 자신을 애드배너로 띄워 놓아
좀 상스러운 느낌이다
근데 저 마분지 포장이 전부라면?
난 얼굴이 되니 일단 생계형 결혼까지만 가자
이런 부류는 아니더라도
달 그 자신
글쎄 그런 게 있을까?
달빛 좋은 날 기분대로 고백해 보자
일단 달이 가짠데 뭐
몰랐다고 하면 되지
이런 생각을 하다 보니 진짜인 지구가 좋아졌다
이건 택배 박스 같은 게 아니라
진짜 하느님이 보시기에 좋은 것이라 한다
그런데 지구가 지갑이고 달은 은화라면
지구가 공터이고 달은 주차 중이라면
아아 하느님이 잠시 부자일 때 지구를 충동 구매했을
뿐이야
보름달을 보자며 송암천문대를 고집한 애인은
사기당한 분의 속도 모르고

이마 위에 겨눠진 총구 앞에서

진짜 관심 가져야 할 것은 제쳐 두고 있다

신은 지구만 사랑한다지만

그의 시야는 잠자리 눈 같아서

지구에 겨누어진 총알도 억지로 보게 된다

모든 것은 신이 보면 동시에 창조의 알 껍질에서 나오지

저걸 어째!

빵, 신은 눈을 가린다 공전을 포기한 달이 느리게 날아
오고

그사이, 자 보여 드릴까요?

몇십 개 문명이 세워지고

레고의 기본을 무시한 듯 블록이 빠져나가

먼저 다리들부터 부서진다

호르몬

아저씨가 눈물을 흘리고 있다
소녀의 흐느낌으로, 너무 불쌍해
막대 사탕이라도 쥐여 주고 싶은데
이미 하나 물고 있다

호르몬은 성기를 지저분하게 만들지만
입술이 붉은 노인들과
젖이 흐르는 사내들
새색시 같은 멧돼지
수염 난 귀부인들을
발명한다

철학도 정치도 자비심도
어이없이 한군데서 나온다
종심소욕 지천명
다 주사 빵 맞은 듯
인생이 나긋나긋해진 결과
그러니 너의 아버지는 너가
아니란 말인가?

긴 호스들은 몸속을 지나
알 수 없는 하늘과 땅과 물로, 그리고
누수와 산화가 번갈아 일어나
더러운 시궁창이 몸 안에 생기고
움직이는 늪처럼 되어
이 자리 저 자리 우두커니 앉았다가
늪은 늪답게 숲속 어딘가에 숨어,
지난해 그 자리에 가 봤더니 이미
또 숨어

일요일

일단 랄랄라라고 써 보자
늦은 아침과 정오 사이
비로소 아이와 부모는 동선이 겹친다
그것은 무서운 일이지만
소리 지르는 사람은 어디에나 있고
대수롭지 않다
랄랄라라고 표시해 둔 날
결혼식의 날 편육과 육회의 날
일요일엔 하마의 법칙이 있다
늘 똑같이 육중한 자멸
만일 분주한 결혼식이 급조한 저 부부가
당장 결혼정보회사를 기웃거릴 일이 생기지 않으면
멋모르고 물에 빠진 사람을 하나 건져 낼 것이고
십사 년 뒤 어느 일요일 아침 이 사람은
왜 날 낳았냐며 고래고래 소리칠 것이다
소리 지르는 사람은 어디에나 있고
대수롭지 않다
집에서 아빠가 오뚜기 카레를 만들어야 하는 날 일요일
바람피우는 가장들은 놀이터에 나와 문자를 하며

어린 애인을 달래고

유일하게 아무것도 창조하지 못한

재능 없는 제 칠 일 일요일

그러나 노는 약국이 헛걸음한 독감 환자를 진노케 하듯

파괴의 재능을 가진 제 칠 일이기에

어떤 이는 인간에 대해 삐져 있는 신을 달래야 한다고 믿는다

매주 제 칠 일에 쉰다는 것은

매주 급히 마감한 한 세계를 덮고 다른 데를 기웃거린다는 것

창조되다 만 이 세계를 나 몰라라 하고 살아남을 수 있을까?

모든 요일마다 싫어하는 이유가 있었는데

제 칠 일에 뻔뻔히 다음 요일에 생존하길 기원할 수 있을까?

오늘부터 우리 다시 일 일이다 주여! 이렇게?

모든 하루는 누더기를 기우는 과제였다

오염만이 완성이라는 듯

시간은 다 더럽혀져야 다음 장을 보여 주는데

아침에 책상 위에 써 놓은 랄랄라는
이미 어둠에 가려 보이지 않고
이제 월요일이다

고아

디즈니랜드에서 고아가 되었습니다 캘리포니아라는 건 알아요 영어 학원 선생님과 엄마와 셋이 왔는데 둘만 사라졌어요 너무 슬퍼 아침부터 밤늦게까지 어디로든 이어진 길을 뛰어다녔지만 모두들 디즈니랜드가 한없이 즐거운 꼬마로 알고 웃었습니다 버려진 핫도그 번이 아주 많아 굶을 걱정은 없었습니다 힘이 좀 세지자 알바에게 미키마우스 가면을 뺏어 쓰고 지금까지 여기서 살아요 핫도그 덕분이죠 미키마우스 동작 패턴 열여섯 개를 자연히 익혔죠 환영, 포옹, 인사, 놀람, 오두방정, 인생은 열여섯 개 동작, 하려면 진실하게 연기해야 해요 애들이 보니까, 미키를 보기 위해 다섯 살을 견딘 어린이들은 측은해서 꼭 안아 줍니다 미키가 영원히 너의 부모가 되는 거야 디즈니랜드에 살고 싶다는 소원을 가진 다섯 살, 그 소원이 이루어지면서 인생은 저주받았지만 나쁘지 않아요 지금 내 옆엔 비닐봉지로 침낭을 만들 줄 아는 아이들이 있어요 회상하는 것인지 상상하는 것인지 희망하는 것인지 내 삶은 구분이 안 돼서, 누구에게 원한을 품어야 할지 모르겠어요

해열제

깨져 나가고 싶어 죽겠다는 도자기도
용서해 줄 수밖에 없다

간신히 빙하의 조각들을 맞추어 놓아
언제 사고가 나도 당연한 일
머리뼈들은 갈라질 벽만 찾고 있다
얼음의 조직이라는 것은 참 서글퍼
깨져 나가지 못하면
죽음은 중계되어야만 한다는 듯
신경에 꽂힌 압정들을 건드리며
가짜 원목처럼 죽자고 비틀어진다

계속 살림을 해 보자고 우기느니
도자기를 집어 던지고
얼음이 계단에 구르는 소리를 듣자

우물에 캡슐을 던져 독을 풀고
도살자가 칼을 꽂은 듯 오래도록 피를 빼내면
비로소 밤새 두꺼운 이불이

다 젖었다는 걸 알 수 있다
깨어나 장식장의 도자기부터 올려다본다
난폭한 중학생 하나 가르치려다
이 수고를 한 것이다

자연

마법사의 기적을 가지고
자신을 욕보이는 신은 없다
자연의 방파제가 없다면
신은 원자로처럼 터져 나갈 것이다
내 마음아
하늘이 그려진 아치형 천장에서 눈을 돌려라
너는 천장을 향해 손 모아 기도하다가도
그 손으로 애절하게 여자들을 만졌지 괜찮다
집중력이 떨어지는 너에겐
음심이 들지 않는 기도도
끝까지 유지되는 애절함도 없었다
분별없는 너는 신과 여자들을 똑같이 취급했지
뜻대로 안 된다고 걸핏하면 매달리는 습관
사랑한다고 말할 때마다 돌아오는 이기적이라는 힐난
사랑은 네 정성을 신경 쓰지 않으며
인과율에만 고분고분하다
결국 네 손은 빈손이니
죽을 것만 같은 이별들을 위해서도
그 손을 망설임 없이 흔들어 주어라

죽을 것만 같더라도 때가 와야 죽을 수 있으며
출렁거리는 대야처럼
정념과 신앙은 모두 자연 안에 있다

충실한 삶의 어느 순간

삶에 충실하자고
강아지는 공을 쫓아 달리고
까치는 떨어진 반지를 물고 달아난다
삶에 충실하자고
에이에게 비도 양보했는데
내 삶은 과연 잘 될까?
요즘 읽은 기사 중 가장 부러운 게
잉글랜드 목초지에서 로마시대 금화를 주운 농부였는데
금화를 주웠을 경우
어디로 가지? 경찰서에 가져가면
순경들이 아이스크림 사 먹는다고
집에 피아노 배우러 오는 초등학생들이 얘기해 주었다
그들은 아주 열심히 귀띔해 주었는데
아, 쓸데없이 이야기를 옮기며 삶에 충실하지 못했구나
어른이 되면 씁쓰레할 것이다
얘들아 경찰서마다 큰 냉장고가 있고
거기 아이스크림이 가득 차 있어
삶에 충실하자고
애인에게 이제 본가로 돌아가면 어떠냐고 했지만

충실하기보다 그저 남인데 함께하는 삶이
시들해진 것 같고,
삶은 잉글랜드의 넓은 평원!
거기서 한 로마인이
애인에게 주려던 금화를 잃어버렸다니!
그날 애인은 도둑 까치에게 반지를 빼앗겨
꼭 위로가 필요했을 텐데……
수 세기 후
흙에 묻힌 금화와 반지는 누구에게도 충실하지 않지만
충실한 삶의 어느 순간
공을 놓치며 달리기만 하던 강아지를 떠올리며
하나 줍고 싶다

뇌의 행복

두개골이 깍지 끼고서 손안에 모아 쥔 것은
뱃살 같은 기름
공부에 대해 말하자면
비석의 조각들은 저 액체 위에 떠 있을 수 있다
그렇다고 조상의 돌들이 야무진 것도 아니고
금방 캡슐처럼 녹아 기름을 탁하게 만든다
공부에 대해 말하자면
애초에 보았던 것만 봤다고 옆에서 살짝 알려 주지만
단지 날 화나게 할 속셈
난 하느님을 봤으니까

꼭 새벽까지 음식이 차려지는 집이었다
기름을 태우는 잔이 우물처럼 깊어서
머리가 닿도록
숙이고 내려다보았다
진흙 냄새 속에선
금빛 장어들이 헤엄치는 게 분명했다
누가 입구를 막으라고 했다
더 냄새 맡다가는 죽어

힐, 한 걸음만 더 들어서면 되는데
여기서 누가 그걸 관두겠어?

출근 시간이 분명했을 텐데
부엌 창문이 어둑어둑해진다
모니터는 꺼졌지만 게임기의 소음은
여객기의 객실처럼 편안한 느낌을 주고
하느님을 본 사람이 신병을 앓아
발굴된 유해처럼 마루 위에 조각나 있을 때
벽들은 이케아의 조립장처럼 그 위로 쓰러질 준비가 돼
있다
자 오라
이에 비하면 간의 행복이나
콩팥의 행복은 속된 것이다

하나의 세계

클립은 혈액 속의 산소처럼
무한히 여행할 뿐
클립을 양도할 때 시세를 따지지 않지만
또 자선한다는 마음가짐도 없다
분양받은 이가 점유권을 고집하는 것도 아니니
사무원은 클립을 빌미로 가짜 영수증을 만들지만
재산 목록에 써넣기는 좀 멋쩍다

그리고
고기 국수 김
클립이 들어가면 안 되는 세 가지다

그러나 국수를 먹다 클립이 씹힌 건 아니고
사실은
두통약 대신 여자는 클립을 물고 키스했으며
머리 아픈 남자는 사소한 장난에도 무척 화냈다
회사에서 마주쳐도 인사도 안 했다

그해 말 여자는 사내 연애를 접고 미국으로 시집갔고

그토록 힘들게 끌고 온 캐리어에

우연히 클립이 하나 들어 있다는 사실에 화났다

클립이라면 미국에도 많은데!

클립을 손에 들고도 남자 생각은 나지 않는다고 생각했
으며

고기 국수 김 남편에

클립이 들어갈까 봐 늘 조심했다

아!

클립은 혈액 속의 산소처럼

무한히 여행하며

세상을 조그만 실뭉치처럼 묶는다

한국에는 클립의 기억을 떨치지 못하는 남자가 화내고
있고

미국에는 클립을 기억할까 봐 화내는 여자가 있으며

고기 국수 김 여자 남자

전 세계는 클립이 여기 들어갈까 봐 걱정하고

그래도 클립을 주우면

기분이 좋다

칼로리

인간은 한 자루의 녹슨 칼
기름이 잘 묻어야 울음을 그치니까
멀리서 듣고 찾아오는 장수가 있다
그는 그냥 비곗덩이다
인간은 입 주위에 비계가 묻는 게 두려운 칼
겨울은 그에게 사는 법을 가르쳤지만
그는 겨울의 후레자식
소개팅 때문이 아니라 단순히 생활 때문에
칼로리는 성가신 것이다
녹슨 칼은 새의 뼈처럼 바람 불면
휘파람 소리를 내며
외투를 지탱하고 서 있을 뿐
녹슨 칼은 발전소가 아니라
텅 빈 놀이터
장수는 칼을 찬다
말안장이 비계에 눌리는가 싶더니 탄식을 쏟아 낸다
뒷주머니에 넣어 두는 습관 때문에
물건이 다 부러져!
이게 녹슨 칼의 끝인가

자연사는 종(種)의 선택을 방기해도 되는가

원시 바다에 전류를 흘려보내 기적을 만들었던 번개 같

은 걸

쇼 프로에서도 재현한다

인간이 탄소화합물을 떠날 때가 되었으니

어쨌든 구름은 번개를 내주어야 한다

그는 유리같이 단단하고 매끄러워질 텐데

애들이 슬라임을 좋아하는 건

종의 고민 같은 것이다

유의미

좀이 쑤셨는지 옆자리 승객은 정체를 털어놓는다 목요일이 쉬는 날인데 공항에 놀러 왔다가 싱가포르 에어라인을 탔다는 거다 여기 기내식에 빵을 납품하죠 가끔 비행기에 타서 품질을 확인합니다 그는 승무원에게 빵만 두 개 더 주문해 신중하게 먹는다 아 꽤 좋은데! 기내식은 도전해 볼 만한 과제입니다 그의 꿈은 활어회다 여름엔 민어, 겨울엔 옐로우테일을 이코노미석에서까지 먹는 거죠 납품이 거의 성공할 뻔한 적도 있다 식중독 때문에 비행기 바닥은 온통 더럽혀졌고 비행기는 먼 섬의 모래톱에 내려 검게 변한 희생자들을 파도로 씻었다 몇 년의 조사 끝에 누명을 벗었어요 나무젓가락의 화학물질이 범인이었던 거다 활어회를 먹어야 하나요? 갤럽이 신중히 조사했는데 공해상의 활어회는 늘 일등입니다 수조에서 막 건져서 승무원이 승객 앞에서 장미 모양 회를 뜨는 거죠 그동안 물고기는 아주 간지러워합니다 인간이 원하는 건 모두 의미가 있습니다 인간은 하느님 같아요 난 이거, 하고 이유 없이 하나 집으면 되죠 신학의 핵심인 변덕의 역사가 시작되는 겁니다 태평양의 짧은 밤 동안 그는 빵을 먹는다 이 밤, 왠지 하느님은 난 이거, 할 거 같고 태평양을

덮은 해초들은 분부대로 그냥 산소를 만들지 않을 것이다
이내 질식한 제트 엔진엔 불이 꺼진다

풍림각

주윤발의 복수를 위해서라면
네가 영웅본색의 조연조차 아니라도
인생은 너를 풍림각에 앉게 한다
저 아가씨 옆자리다

운명의 시간이 다가온다
너는 주면 마신다 따른다
훠궈는 끓어오르는 연기(演技)를 제법 잘하지만
오늘 풍림각의 요리는 소품이라서
저건 그냥 맹물
인사하고
다짐하고
그리하여 형제가 생기는데
너는 잘 끼지 못한다

화장실 가고 싶다
생명의 문까지
몰래 갈 수 있을까?

너는 아무 일도 하지 않았지만
문이 오우삼 스타일로 슬로우 열리고
조연조차 아닌 너를
주윤발이 들어와 죽인다 아니! 주윤발, 나를 알아요?
사실 쌍권총을 저렇게 기관총처럼 쏘면
앞이 다 녹아
총알은 전립선 문제처럼 바로 앞에 한 방울 떨어지는데

어쨌든 고향에 계신 어머니 누이! 나는 향년 열여덟
애통한 혼령은 잠시 후 일어나
다른 일용직을 찾아 훨훨 떠날 것이다
그 전에 조감독이 죽은 이의 숨 쉬는 가슴에 주의를 준다
괜찮다 사실 태양부터가 공정한 카메라가 아니고 가장
못됐으니까
태양은 잘못 설치된 CCTV처럼
사각지대를 만들며 지구를 비춘다
그러니 어쩌라고, 하던 대로 해야지
꿈의 요릿집 풍림각
아니다 배고파서 그냥 퇴근해야겠다

북미

이국의 여름은
아이들이 떠난 수영장 앞에서
동면을 앞두고 졸고 있다

공항을 나와
무서운 더위를 피해
택시를 타고
모르는 주택가로 들어서
가족들은 여름을 보냈다 새들처럼
남자들의 골프 주부와 딸들의 옷과 백
아이들의 영어 학원
가끔 연예인 또는
그 자제를 보았다고 소리친다
삶의 표면은 비눗방울처럼 푹신해서 눕고 싶다
삶의 내면이란 표현도 가능한가?
혹시 가시가 많은 생선 같은 내면?

비눗방울은 누구도 모르는 사이
가시 위로 천천히……

미처 대답을 다 생각해 보기 전에
벌써 도착한 공항 밴이 가족들을 재촉한다
이제 자신만을 위해 단장하는 수영장은
물속에 거울을 감추고 정원을 복사해 본다
갑자기 바람이 기와를 흔들면
야자수가 머리에 붙은 고양이를 떼 내려고
이리, 그리고 저리
하늘을 흔들어

나라비

나라비(並び)
연인의 이름 같고
나비의 학명 같은
나라비,
줄
줄을 서지 않으면 문명인이 아니다
지하철 앞에서 맛집 앞에서 나라비
장기판의 먹줄을 따라 병사들은 병렬(並列)
어바인에서 온 김 교수는
증언록을 외국의 말로 옮기고 또 옮긴다
그러나 국어로도 영어로도 옮길 수 없는 나라비
어느 페이지를 펴도
여자들의 회상은 나라비
한 군대가 나라비 서 있다
소녀가 다리를 벌리고 다시 벌려도
다시 이어지는 무한한 줄
질서는 인간성의 표현이기에
칼 찬 군인들의 나라비
그리고 정액은 질서 있게 소녀의 몸에 주입된다

누구도 규칙을 무너뜨리지 않는다
시계처럼 정확히 차례가 돌아오는 나라비
국가란 줄 선 자들에게 공정히 분배해 주는 것
오직 한 단어 주위를 모든 살아남은 여자들의 기억이
맴돈다 나라비
강아지 이름으로 지어 주면 참 이쁜 단어
나라비

가스 전기 수도

부모가 너를 목욕시켜 주길 싫어하거나
가스 냄새가 나도 너를 깜박 잊거나
동화책을 주고 불을 켜 준 후
뭘 할지 모르고 방을 서성인다면
네 인생은
가스 전기 수도
그게 싫어 어떤 남자를 만나지만
그는 일찍 은행 창구 앞에 앉아 본 까닭에
멍하니 딴 곳을 보고 있지 않은가?
네가 타지로 떠나 머무르려 한다면
가스 전기 수도는 너무 무섭고
고음으로 벽의 강도를 재 보고
소주병으로도 바닥의 두께나
이웃이 언제 문을 탕탕 치며 욕하는지 시험해 본다
아기는 그 바닥을 기어 다닌다
그렇더라도
집 안을 가스로 가득 채우지는 말아야 한다
수도로는 아무것도 채울 수 없고
전깃불은 여전히 봄날처럼 환하니

즐거움은 풀처럼 제멋대로 자라 또 제멋대로 사라지고
빛이 사그라지어 아기가 무릎 위에 잠들 때
너는 아기를 데리고 또 떠나야 한다
가스 전기 수도가
가느다란 파이프를 지나 실뱀처럼 따라오고
남자는 한 번쯤 찾아오지만
그는 자신의 뱀들을 데리고 다니는 형편이고
남자의 새 계획에 분노할 게 아니라
네 아기가 기어가며 그리는 웃긴 점선과
너의 깊은 수면(睡眠)만 노려보면 된다

국가의 리부트

그 집 점원에겐 뭔가
황제가 성가셔 하는
로마의 연설가 같은 구석이 있다
이 과자는 반드시 중량을 재 보겠다든지
마트의 족보를 알아보겠다든지
젊은 배우의 장대한 과제는 계몽이다
손에 지폐를 몇 장 쥔 젊은이는
시간이 되자 급히 사라진다
오징어 만두 김말이
정치가가 생각해 둔 이름이
귓바퀴를 돌며 윙윙거리겠지만
그는 노트북을 당겨 글을 쓸지도 모르고
그러나 젖은 종이처럼 국가는 불이 잘 붙지 않을 것이다
그는 점점 한쪽 눈이 어두워질지 모르고
태양은 불덩어리인데도
안에 죽은 눈 같은 그림자가 보인다
새벽에 하도 추워 창문이 열렸나
살그머니 다가서 보니
죽은 눈처럼 감긴 태양이

연탄재같이 매달려 있다
그러나 젖은 종이로도 죽은 별에 불을 붙여
다시 던져 올릴 수 있다
두 눈이 필요한 게 아니다
이글거리는
한쪽 눈이 남았다

산책

동네에는 내가 하나
길이 하나,
공실이 된 상점 하나가
못 가게 붙들고
유리창에 자화상을 그리라 한다

공실이 편의점이었을 때
매일 술을 사는 내게
어느 날 점주 여인은 교회 나가자고 했다
사람을 뭘로 보고,
분노할 일이 아니었다
그녀는 온통 성서의 인물 같은 사랑이다

여길 지나며 점주 여인을 떠올리는 건
그래도 생뚱맞지 않은가
아니면 동네의 본질인가?
박해받은 교회처럼
이젠 인테리어가 뜯겨 나간 편의점
고지받은 목동처럼

전단지 나눠 주는 알바가 길 끝에서
나의 도착을 기다리고 있다

빛

눈은 빛을 만나서 빛을 위한 기관으로 형성된다.
그렇게 해서 내면의 빛과 외부의 빛은 서로 감응한다.
— 괴테, 『색채론』

밝게 하는 자
그 자신은 눈이 멀어
여기저기 쿵쿵 부딪친다
빛이 밖에서 자꾸 부딪치니
어느 날 피부에서 궁금한 눈이 옴 터 사물들을 비추고
이제 들킨 것들을
하나씩 식별해야 한다
스승의 음부를 본 게 무슨 대수인가?
죽지 마라!
눈 감으면 빛은 캄캄한 어딘가로 기어들어
영사기를 환히 틀며
이불을 차게 한다
죽고 싶어!
빛은 벽돌담을 좋아하여

자주 거기 붙어 잠들어 있는데
그때 파리채로 잡아야 한다

개들에게 지구를 주다

오래전부터 개들에게 지구를 물려줘야겠다고 생각했지
만 은퇴할 무렵에야 할 수 있었다 이웃 노인에게 부탁하
러 갔다 당신이 죽으면 개에게 땅을? 어떤 개입니까? 착
한 개지요 노인은 땅문서를 주었다 기린이나 사자의 땅
은? 걱정 없다 그건 이미 개들의 땅이고 좀 전 획 지나간
기린과 사자는 원래 개들의 땅에서 사는 동물이다 초원에
초록개, 바둑돌과 바둑이, 황사 속의 누렁이, 정글과 눈보
라…… 안아 주었었는데 길에 나가 죽은 개들이 있다 한
잔 저녁이 밀림에 부어지고 부력을 타고 별들이 숲에서
올라와 제자리를 찾으면, 어둠에 털이 젖은 개들이 다시
다가와 살갗에 꼬리를 스치는지, 너무, 너무 부드럽다

캔맥주

화분 장난감을 샀다
씨앗들을 쏟아부으면
온풍기의
상승 기류를 타고
배 아래부터 줄기가 올라와
머릿속은 금방 꽃나무
편의점의 유리는
해일에 젖은 고대 신전처럼
푸른 태양광으로 덮이고
나무뿌리는 금방 굵어지며
편의점을 높이 들어 올려
세상은 저 아래 파괴된 해안가 뒤로
밀려나 있다
절벽 위 아슬아슬한 간이 테이블에
계속 떨어지는 꽃들

우유

겉도 속도 하얀 것은
너무 두렵다
얼마나 강하면
껍질을 가지지 않는가
절대자처럼 자신을 보호하거나
쏟아져 죽을 뿐이다
들어오세요, 당신을 모십니다
이렇게 누군가를 배려하지 않지만
성녀처럼 겉이 그대로 속을 보여 주기에
무섭다고 누구에게 고백할 수 없다
그러나 인간에겐 하루 한 번 권장되고
아이들은 더 많이 대면한다
인간에겐 무슨 해결해야 할 문제가 이리 많나
우유가 나쁘다는 게 아니다
다만 인간은 굴복할 것이다
결백의 하얀 표식이 곧 그의 몸과 마음인 자
그를 가리키는 상징이 곧 그의 실존인 자
우유가 그렇다면, 우유는 하느님과 다를 게 뭔가
체념과 용기가 뒤섞인 채

건강 문제일 뿐이라고 자신을 기만하면서
아침에 우유 정도 대문 앞에 놓여도
괜찮은 인간

사랑

그 꿈들은 천국에 있는 사람들 사이의 성교 장면을 보여 주었다.
— 프로이트, 『늑대인간』

우리는 파손된 기계
속았다고 미움이 생기는 건 아니다
끄집어낼 수 있는 말이
거짓말밖에 없다면
넌 내게 모든 것을 준 것이다
아름다운 릴리
치킨과 소주 앞에서
겨우 말을 꺼낸 릴리
말 속의, 천국 속의, 꿈속의, 빛 속의 너
인간은 사라질 수 있다 펑 하고
우리는 파손된 기계
치킨과 소주 앞에서
나는 눈물을 흘렸지 아주 살짝
그러나 엄연히 눈물이었지
애틋한 표정의 릴리

숙면의 파수꾼

꿈의 파괴자

그런 내가 천국의 신자(信者)처럼

지갑을 옆에 둔 채 꿈을 꾸었다

쓰레기장의 빈 병들이

공주의 예물처럼 빛날 때

파손된 기계의 톱니바퀴가

쥐들의 뒷발질에 잠깐 돌듯

꽃집 양동이 속의 구세사

아브라함처럼 가문을 가지는 것도 방법이다
금방 천궁도처럼 펼쳐지는 싸움박질의 가계도

마구 탄생한 장미꽃들을 잘라 양동이에 띄워 두면
한나절은 감상할 수 있는 것처럼,
싸우다 잘린 머리들도 피바다에 띄워 수혈할 수 있다
피바다에 뜬 채 두리번거리는 머리들은
이제는 성기가 없다는 사실을 알아차린다
결국 남머리와 여머리의 장난은
파도에 밀려 서로 부딪칠 때 겨우 키스로만 할 수 있
지만
애초에 머리만 있었어도 괜찮다
몸은 거들 뿐
나쁜 짓은 다 머리로 하는 거야

양동이를 난감한 표정으로 바라보는 사내들도 가끔 오
는데
양동이 속의 못난 동포를 살려 두거나
다른 가족으로 한번 갈아타 보는 문제

모세

아니면 바울의 구조조정

액체 위의 머리들은 소용돌이에 빠져 죽거나

양동이 가장자리로 겨우 표류하는 갈림길에 선다

그러니 머리로 열심히 헤엄쳐 가자

양동이 벽에 다다르면

모세가 빨간 바다를 내려다보고 있고

파도가 벽에 부딪혀 거품이 되는

멋진 관광지다

관광지를 등지고

길을 잘못 들었을 때 하하

드디어 구세사인데 머리들은 다 싫단다

양동이 바깥으로 흘러내린,

장미를 다듬고 남은

파란 '가시'의 구세사

스피노자

여름 서정

하늘에 녹차 백을 담그고
바람 속에
천천히 색채를 흘리는
플라타너스

그 아래
흰 킥보드 하나가
여윈 짐승처럼
매에, 울며
버려져 있다

모르는 새끼를 증오하는 대신
문득 가여운 짐승에게 하듯
물그릇을 놓아 주고 싶다

나무 아래 밟히는 벌레들
푸른 젤리

내복

만국기의 하늘을 본 지 얼마나 되었나
대신 아파트 현관에 들어설 때
미친놈이 하늘에서 떨어질 것 같다

저녁엔 추락이 아니라
내복이 휘날려야 한다
바람을 타며 칭얼거리는 빨래
내복은 어린아이
서남풍이 아파트에 부딪힐 때
내복은 어망처럼 부풀어 올라
나중엔 따뜻한 강아지 배처럼 쓰다듬어 주고 싶고
팔다리는 일몰을 향해 인사해야 한다

곰곰이와 타니와 동물 친구들은 이부자리에서 경청 중
이다
내복 입은 어린아이만이
보들거리는 이부자리를 차지한
인형들의 질서를 세울 수 있다

내복은 절대 다치지 않는다
내복만 있다면 절망을 되돌릴 수 있다
천사들이 펄럭이는 휴지처럼 날갯짓할 때
아픈 젊은이는 아슬아슬 아파트 꼭대기에 서 있다
자신의 인형들을 모두 지상에 내려 주고
혼자 올라와 생각한다
휴, 내가 무슨 심술쟁이도 아니고
다트 핀처럼 누구의 머리를 겨냥해 떨어지며
점수를 낼 생각은 없는데

결론 없이 천사들이 깜짝 놀라며 흩어질 때
소멸은 완성되었다
걸을 때마다 새의 뼈처럼 속이 환하게 비어 가고
눈은 남들이 말하길 으스스한 구멍
밤에도 몸 안으로 시끄러운 빛이 들어오는 것이다
아무 공격도 할 생각 없는 내복이
공중의 젊은이를 껴안아 주어야 한다
내복은 어디 갔는가
엄마 방에 있다

인형들이 눈을 가리고
휴지가 만국기처럼 흩어질 때

무용, 생명의 새 디자인

좋은 차라도 그저 음료
음악은 귀밖에 찾지 못하며 그림은
빛 아래 있습니다
얼음은 온도를 위한 것이고
스타킹은 촉각
팔다리를 흔들지 않고 목과 척추 없이
춤출 수 있습니까?
팔다리로 몸을 감는 인간은 이제 따분합니다
동물 변신도 너무 지겨워
멈추어 있는 무용수만이 인류를 탈피할 수 있습니다
물론 그것도 이미 있지요
저의 편견들을 용서하세요
껍으로 만든 몸뚱이도 보았지만
제가 말한 건 물감처럼 벽에 뿌려져
얼룩으로 남은 무용수예요
몸이 그림자를 놓고 간 게 아닙니다
그는 여기 있어요

평화의 야채

벌레들은 작은 녹즙기
풍선껌처럼 주스가 터진다

햇살이 통과하는 근사한 무늬를 가지고
흙 위에 레이스의 그늘을 흔들어 대는 잎사귀

식품인 줄 알았는데
너는 참 너답구나

족보의 독해

이것은 아이들의 휴일이고
명절엔 조상들이 못된 것이다

동물원이 문 닫을 때
안녕, 또 보자
아이들과 기린은 철문 앞에서 머뭇거린다

후춧가루처럼
햇살 속에서 날리는 비
호랑이
여우
물놀이 결혼식
명절의 물놀이에 취하는 재미에
달력의 숫자들은
도박판의 손실처럼 사라져 간다

히어링의 문제라고 변명하지 마라
닭이 꼬끼오라고 할 때
그는 발음이 나빠

교정해야 하는가?
뭐라고? 꼬끼오는 일본말이라서
아침인 줄 몰랐다고?

결국 지구의 회전은 어이없이 아침을 한 번 건너뛰고
미루어진 하루는 일생 단 한 번의 명절

명절 지나 안덕호 씨의 부고가 왔다
자식들의 아이들은 그 이름을 기억하지 못한다
어느 여자인들 어리고 예쁜 딸이 아니었을까?
남의 집에서 죽기 전에는

풀밭 위의 식사

풀밭 위의 식탁 같은 술상 앞에
너는 환한 잔디처럼
나는 어두운 고목처럼
앉는다
나는 잔디에 그림자를 던지듯 키스하고
너는 무심히 고목을 만지듯 내 몸에 손을 얹는다
어린이집의 오후 같은 가짜 잠
땅콩 껍질처럼
둘이 들어가 눕기에 비좁아 달그락거리는 잠
상 끝에 걸려 새우깡이 눈꽃처럼 떨어지는데
나무는 자기 혈관 소리를 들으며 날리는 꽃들을 바라
보고
이게 뭐야,
바람을 안은 듯 하하 웃는 너는
치마에서 가장 먼 거리에서
젖은 손을 쫙 펼친다

여행

강릉에 가서 이해한 건
여행은 일종의 차력이라는 거
오래 서성이다가
딱 맞는 시간에 건져 낸 수란처럼
달을 일곱 시에 물 위로 끌어 올리면
동행인은 손을 모은다
사실 달에게 떼써서는 안 된다
달에게 부담을 줘서는 안 된다
여행은 무의미를 견디지 못하는 사람과
세계의 불일치
강릉의 심사에 탈락했기에
돌아갈 수밖에 없다
헤어질 것에 대해 직감하고
더 바짝 몸을 붙이는 동행인 때문에
목, 어깨, 팔 다 아프다

인간의 구조

인간의 구조는 해부한다고 알 수 있는 게 아니다
피 흘리는 장기(臟器)가 인간인가

목의 3, 4, 5번 뼈를 슬쩍만 가격해도 좋다
전선들이 뼛속에서 익어 파괴되면
부분에 묶인 부분이 풀려나가
전체가
도자기처럼 넘어가며
산산이 깨진다
산 것도 죽은 것도 아닌 자

인간을 보려면 이렇게
죽지 않은 자도 살지 않은 자도 다 봐야 한다
연탄불에 구운 쫀드기처럼
내면의 전선들이 강직되며 짧아져
병이라도 난 줄 알고
치료사가 다리를 당기면, 하하
길이가 모자라 팔까지 딸려 올라가고
이불 속에 가만히 놓아두면 쫀드기는

우울함으로 들어 올릴 수 없을 만큼 무거워진
작은 지우개가 된다
살아 있는 자 속에 작은 시신이 살고 있다
하품하면 온몸의 전선이 입으로 몰려들어

그러나 입은 모든 것을 뱉어 내는 데 실패한다
언어가 구멍을 꽉 막고 있어
어떤 음향도, 어떤 물질도 나올 수 없다
언어에 막힌 물질이 발효되면 정신이 되고
인간은 발효된 술에 빠져들듯
자신의 정신에 도취된다

정신적인 인간은 망상의 인간이라
자신이 저주받았다고 느낀다

자기에게 도취된 자가 저지르는 게 뭐겠는가
경전의 외벽에 주석의 등(燈)을 다는 꿈을 꾸지 않겠
는가
세상의 모든 문 가운데

하나는 천국의 초인종을 달고 있다며
하나씩 눌러 보고 달아나는 개장난질을 치지 않겠는가

그래서 꼬리뼈를 잊으면 안 된다
이 칼은 무디지만
집요하게 내부에서 가죽에 칼질해 찢고 나온다
배설과 침 뱉음이 하지 못한 것
천국의 주인이 치우기 어려운 모든 것이
쏟아져 나오리라

정신적인 인간의 머리는
다 먹은 쭈쭈바의 비닐처럼
자신의 가죽이 홀쭉하게 비워진 줄 모르고
그래도 망상 중이다
다 먹은 생선의 머리처럼
눈을 가지고도 사태를 파악하지 못하고 있다
신이 버린 몸뚱이는 줍지 말고
땅에 떨어진 채 내버려두어라

초겨울

구두가 보도에 부딪혀 어두운 소리를 대지에서 깨워 낼 때 양복저고리 사이로 안기듯 들어서는 아기 바람이 있다 너는 어디서 놀다 뺨이 이렇게 차가워졌니? 기진맥진한 해는 온기 없는 하얀 돌이 되어 건물들 사이로 가라앉는다 리어카의 흰 연기가 보잘것없는 유언처럼 남겨진 마지막 햇살에 부딪힐 때 그 앞에 멈추면 어린 시절에서 베낀 그림 속에 한동안 스며들고 양도할 수 없는 한 삶이 자꾸 어깨에서 흘러내리는 외투처럼 걸쳐 있다 어디서 멈출지 모를 길은 사람들이 떠나간 빈 벤치를 계속 지나치는데, 나는 언제부터 이렇게 나였나

빛의 박해자
— 생일과 명절의 연애시 1

빛의 무기가 선택한 이는
날갯짓을 멈추고
빌딩들 사이로 떨어진다

하루가 어둠에 물들어 침몰할 때야
부서진 몸을 일으켜 슬리퍼를 찾는 테라스
그러나 건너편의 빈자리가 빈자리라면?

어둠이 붉은 술의 표면을 눌러
잔의 곡면이 심장처럼 금 갈 때
활에서 울렸던 소리는
어김없이 날짜와 시간을 지킨다는 걸
겨우 깨닫는다
빈자리가 빈자리라면?

짧은 인사
빛의 중심은 어둠처럼 타오를 뿐
아무것도 보여 주지 않았다
그리고 난폭한 무기의 고삐를 끊어

누구에게 고통을 선물할지 결정하는 숫자들이
비밀로 남았다

생일의 숫자들은 달력의 혼돈을 진정시키며
현자의 고지(告知)처럼
누가 누구를 좋아할지 알려 주지만
한 사람은 생일이 없는 것처럼,
시간의 입구로 들어서지 않은 것처럼 굴지
한 해의 마지막을 모르듯 지상에 이야기가 없다

그는 셔츠를 헤쳐 본다
박해자의 화살을 따라 흐르는 피

이성의 거짓말

― 생일과 명절의 연애시 2

머릿속의 모든 것은 사라져야 한다
어떤 말도 만들지 못하도록
모래 속의 종(鐘)들처럼
소리를 찾지 못하고
다 부서져라

거짓말하는 이성(理性)의 입만 바라보는 마음아
네가 즐겁게 마주한 것은 실은 슬픈 문
뒤에서 닫히고 나면
영리한 척 이야기를 만들던 이성도
침묵할 수밖에 없으리

금화살을 부러뜨리고
송전탑에 걸린 줄처럼
눈도 귀도 죽은 채
전기 지나가는 어리석은 소리만 내며
그냥 멀리 떠 있어라

애인
— 생일과 명절의 연애시 3

너는 환한 창문 같구나
바라보면 눈물이 고여
큰 물속에 하늘은 전부 갇혀
빛나고
더 빛나고
이 빛 속에 서 있는 일이
왜 이렇게 슬픈가

중심
― 생일과 명절의 연애시 4

기분 좋을 때 네 목소리는 샤도네처럼 가볍고
동 서 남 북
술잔의 가장자리를 돌며
딸꾹질을 멈추는 주문(呪文)이라며
네 곳의 신들을 즐겁게 하려고 외치지
동 서 남 북
술잔의 가장자리를 손가락으로 쓸면
소리가 생긴다
네 방향으로 퍼진다
모든 것이 생명을 숨겨야 하는 겨울밤
시베리아 기단에 쫓겨 길을 잃은
남쪽의 바람에게
여기, 라고 신호하듯
네가 즐겁게 네 방향의 좌표를 알려 줄 때
음악이 잔의 가장자리에서 둥글게 퍼진다
여기 있다
그렇게 너는 여기
중심에 있다

새벽에

— 생일과 명절의 연애시 5

잠들다 말다를 되풀이하며
새벽이 흘러간다

잠들면 약속대로
같은 꿈의 해안에 함께 밀려가 있고

깨어나면 이야기를 이어
네가 건네는 실 한쪽을 손에 쥔다

천장이 바람구멍처럼 우주로 열리고
별들이 흘러내려 물길을 내는데

쪽배처럼 떠오른 침대가 흘러갈 때
세상에서 아득히, 둘 또는 하나가 있다

초여름
— 생일과 명절의 연애시 6

　나날이 해가 길어지는 설렘이 있어요 너는 초여름을 좋
아한다며 웃는다 나는 글자들이 점점 어둠 속에 묻히는
저녁을 생각한다 책은 의자 옆으로 떨어지고 바람과 잎사
귀 소리 아직 겨울의 문턱도 지나지 못했다 나도 너처럼
초여름이 좋아 너는 또 웃는다 따뜻하고 싱그럽고 푸르르
고 벌레도 아직 없어요 그 계절에 하늘 한참 올려다보는
것도 좋아해요 너는 마음을 가지고 있다 구름이 흘러가
는데 해가 기울어 점점 색이 물들지, 나는 대답한다 나중
에 초여름 하늘 같이 볼래? 그러나 곧 나는 내 말에 웃는
다 나중은 언제일까? 시간은 한 발 앞으로 갈 때마다 우
리 앞에 죄다 부서져 있다 하루는 사라지고 말도 사라진
다 초여름 초여름 내 삶의 다른 해안처럼 멀리 있고, 사라
질 듯 멀리 있고……

정원
— 생일과 명절의 연애시 7

신들이 두고 간 하늘의 숲
한 조각은 지상으로 떨어졌다
약속 없이 끊어진 연들이 거기 걸린다

별들을 깨워 동행을 부탁하고
웅성거리는 나무들이 잠시 비켜 준
길을 찾으면

네 이름을 불러
연 꼬리에 붙은 글귀를 바람이
읽게 해야 한다

그러면 이제 돌아볼
성스러운 음악을 짓는 이여
숲의 현들이 울기 시작한다

한 해의 마지막 저녁
— 생일과 명절의 연애시 8

한 해의 마지막 저녁은 눈으로 덮여 있네

헛도는 차를 버리고 여자와 남자는 무릎을 붙잡는 눈을 달래며 비탈길에 섰네 모임을 공들여 망치고 떠나온 그들 위로는 하얀 등잔불처럼 눈발이 커지고 있었지

욕지거리는 요란했지만 어떤 이야기도 남지 않았네

서두르지 않으면 무서운 일이 벌어져!

비탈길의 별들은 눈에 미끄러지며 노래 부르듯 출렁거리고

그들은 버려진 영혼들의 골짜기로 떨어져, 영혼들의 마지막 불빛을 따라 걸었고

겨우 다시 길을 찾았네

둘의 걸음은 거대한 나무들 사이에서 오랜 잠에 빠진 길의 꼬리를 밟아 깨웠네 놀란 길은 세상의 끝으로 뻗어가기 시작했지 보호하고 보호받으려는 듯 둘은 손을 잡았고 길 끝에서 마침내 뭔가 발견한 듯 서둘러 걷기 시작했네 등잔불 같은 눈이 떨어져 빠르게 발자국을 태워 없앴네

우리는 멀리서 총구를 겨누고 있었지

이제 인간들은 케첩 병처럼 깨어지며 흰 눈 위에 쏟아지리

섬광을 뿜으면 대지는 캄캄해져 총알은 장님이 된 채 운을 시험해 보고, 인피의 돈을 받으면 그뿐, 그러나 우리는 주인을 가지지 않는 기사들이기에, 조는 듯한 총구들이 눈을 뜨지 못한 아기 새의 머리처럼 흔들리며 머뭇거리는 마음들을 알리는 사이

길은 빠르게 눈 속으로 숨어들어

사라진 길 끝에서 그들이 어디로 갔고 무엇을 발견했는지 보여 주지 않았지

자정이 오자 생일 같은 명절이 되었고

생일들은 답안에 도달한 수학자의 숫자들처럼 서로 꼭 들어맞으며

연애의 첫 기쁨을 잔잔한 나날로 만들었고

생일이 된 명절은 아기처럼 태어나고 다시 태어나

늙는 인간을 새 이야기로 놀라게 하리

생일은 팔자이고 이야기는 팔자에 없는 것
그래서 내일은?
내년은?

새해의 운석들이 하늘에 줄을 그으며 소리를 냈네
어떤 음악의 첫 음이었네

밤이 물고 있는 보석

창밖 멀리
언덕 위 건물들 사이

차들이 넘어오며
헤드라이트가 반짝이고 없어진다
밤이 물고 있는 보석
추억도 은유도
미래에 대한 고지도 없이

간직할 수 없이

병원 밥

입원하면 밥이 나오니까
병원을 밥집으로 여길 수 있고
밥집에 대한 그리움도 논할 수 있다
마음을 다해 입원하자
다만 죽음이 역겨워 입원하는 것은 순수하지 못하고
구원을 준비하는 분에게 욕심쟁이로 비친다
너무 많이 가진 분인데도 죽음이 너를 찾는 것은
네가 탐나서가 아니라 너를 돕기 위해서다
죽음이 탐내지 않기에 너는 환자가 된 것이다
그러나 의사들의 치료에 화가 나
거금을 풀어 굿을 해 준 애인의 마음에는 감사하자
그분은 씻은 듯 낫는다는 치료의 본질을 알고 있다
그분이 영원한 애인이 아니라서
이 부실한 인간이란 호칭을 입에 물게 되고
씻은 듯 나은 몸에
또 잡귀가 들어 입술이 부르트더라도 슬퍼 말자
구원을 준비하는 분에게 욕심쟁이로 비친다
오직 밥 때문에 줄을 서듯
병원도 가야 하며

그때 쌀밥이나 가운처럼 하얗게 될 수 있다
하얗다라는 말이 알려 주듯
건강에서 건강으로 인생은 진행할 것이고
예술가가 유작을 남기듯
즐거운 식사 중에 죽을 수 있다

제갈량이 죽은 나이를 지나며

저수지를 지나도 되는 걸까
뒤엔 버려진 집들의 어두운 창문
살림살이를 집어던지지 않으면
결코 끝이 아니라는 듯
요란했던 애인들

물은 보이지 않고
갈대들이 꺾이는 소리를 들었다고 생각했다

도와주세요
버리고 온 진영들
끝낼 수 없던 책들
도와주세요
아직도 바람 소리가 괴롭힌다

목각 인형은 수레에 앉아 덜컹거린다
산천초목은 우는데
남쪽으로 가는 긴 행렬
병사들은 투구 아래서

서로 죽은 자의 눈을 목격하고 분노한다

버리고 온 진영들
불태워진 지도들
이제 책은 없다
도와주세요
저수지를 건넜다

유물론

영혼은 고독한 물질이다
몸이 죽은 뒤 잠깐 어리둥절한 시간
기회가 된다면 소멸을 자각할 것이다
눈도 귀도 사라져 아무것도 보이지도 들리지도 않고
모양도 없이 그저 존재한다

천국의 단맛을 느낄 혀도
지옥의 불로 그슬릴 피부도 없는 순수 존재
원을 그리고 추억을 간직할 지성도 없다
모든 속성이 사라졌으니 어떤 꾸밈말로도 붙잡을 수
없고
그저 없는 것이다
그러므로 그것은 영혼이 아니다

이 생을 어디로도 넘길 수 없다
사라지는 모든 것을 여기서 붙잡아야 한다
죽어 가는 자들의 지혜가 시작될 수 있다면
여기서부터

시론

    시는 말로 이루어진다. 우리는 감각적인 것들, 빛이나 소리, 가슴의 통증 같은 것을 직접 받아들이지만, 그것들은 정신 속에서 말이 되지 않는다면 하늘에 걸린 문으로 들어서 머물지 않고 흩어져 버리는 구름 같을 것이다. 이렇기에 시는 직접적인 자연의 흐름 자체는 아니다. 시 쓰기는 '의도'라는 촉수가 달린 욕망으로부터 나오고, 욕망은 하느님의 것이 아닌 이상 늘 국지적인 한 지점을 차지하며 이 국지성이 상대적인 가치를 만들어 내면서 전쟁을 일으킨다. 시 쓰기는 욕망이 창끝에 매단 토템 같은 것이기에 전쟁에 뛰어든다.

    빛의 영광스러움, 바람 소리의 스산함, 죽을 것 같은 사랑의 고통은 말 속에서 비로소 나타난다. 그러나 이렇게 분석할 수 있다고 해서 감각, 정서, 행동, 사실 등이 있고 이와 별도로 이것들을 담아내는 말이 있는 것은 아니다. 이것들이 말 자체다. 한마디로 감성을 통해 주어지는 것들의 정체성은 말에 있다. 우리 자신이 말이며, 인생에서 깨어나지 못하듯 말에서 벗어나지 못한다. 바보처럼 떠벌릴 때도, 고집스러운 아이처럼 침묵할 때도, 악몽 속에서 헤맬 때도, 빗방울 속에 깨어나는 흙의 냄새나 연인의 화장품 냄새를 맡을 때도.

시는 이러한 말이, 말에 대해서 기대하는 어떤 유용성 속으로도 용해되지 않고 오로지 말 자체로 남게 한다. 예컨대 그 유용성이 소통이라면 시는 소통을 저버린다.

시는, 말했듯, 밀물과 썰물처럼 우리 신체를 지나다니는 자연의 흐름 자체는 아니며 인공물이다. 그래서 시는 테크닉 없이는 만들어지지 않는다. 그러나 이 테크닉을 지도할 수 있는 것은 아무것도 없다. 당연히 시는 설명서를 보고 이케아의 조립장을 만드는 일 같은 것이 아니다. 그것은 존재하는 것들을 이어 붙이는 일이 아니라, 새로운 존재와 그것이 따르는 법칙을 모두 함께 만들어 내는 일이다. 법칙을 새로 탄생시키는 일은 교본이 있을 수 없는 것인데 누가 시를 가르칠 수 있겠는가? 시는 토의도 합의도 없이, 그러니까 누구에겐가 조금의 이해도 구하지도 않고 그저 법을 선포한다는 점에서, 인간의 관점에서 보기에 폭군을 닮았으며 폭군처럼 인간들 사이에서 쉽게 고립된다. 또한 이런 점에서라면 시는 자연의 창조 행위와 닮았을 뿐 아니라 그 조력자다. 그런 까닭에 시인은 질병, 노화, 출산, 일몰, 소멸, 합성, 중력, 밀도, 부패 등 자연의 힘으로부터 가장 많이 배운다.

그러나 인간의 행위인 시와 자연을 혼동할 수는 없다. 한편에는 필연적인 자연이 있고 다른 한편에는 정신만이 일으키는 우연적인 사건인 예술이 있는데, 그것은 마치 지구 위에서 일어나는 예측할 수 없는 기상 현상처럼 자연 위를 맴돌고 있다. 시뿐 아니라 많은 예술은 자연에서부터 형성되어 왔지만 인간만이 그것을 예술로서 발견한다. 마치 예언자가, 자연은 예외 없이 필연적인 원인과 결과의 법칙 아래 있는데도 거기서 예외적인 징후를 읽어 내고서 위대한 예언을 하듯이 말이다.

물론 시는 미래에 대한 아무런 좋은 말도 나쁜 말도 하지 못한다는 점에서 사이비 예언이나 점술과는 다르다. 시는 지성의 노고가 개입하기 이전에, 그 기원에서 무녀나 예언자의 입을 빌려 탄생했을지도 모른다. 시는 자연의 인과율에 대한 이해 없이도 시를 읽는 이를 현재의 피할 수 없는 자리에 위치시킨다는 점에서라면 예언이다. 예언의 위대함과 무서움은 미래에 대한 사기(詐欺)에 있는 것이 아니라, 현재의 심연을 가리켜 보이는 데 있고, 시도 그렇다. 그래서 시적인 예언자는 흔히 현재의 왕에게 찢겨 죽는다.

시가 인간적 행위이기에 인간은 예술의 가치를 알고 보존할 줄도 안다. 보존은 예술과 관련해 인간만이 수행할 수 있는 행위다. 당연히 파괴에 대해서도 같은 말을 할 수 있을 것이다. 예술은 보존하거나 파괴하는 자 속에서 완성된다. 시 역시 그러하기에, 파괴될 때조차 존경받는다. 파괴된다는 것은 잊혀진다는 것과 다르며, 파괴된 작품은 역사를 움직였기에 파괴된 것이다.

그런데 자연과 시, 저 두 가지를 대립적인 것으로 이해해서는 안 된다. 궁극적으로 인간의 행위는 예술을 통해 자연과 일치한다. 예술가의 의도라는 것은 표면적으로는 자연의 힘의 거센 저항과 대결하는 것으로 보인다. 도공은 흙의 성질과 싸우며 무용수는 중력의 지배를 받는 물체인 자신의 몸과 싸운다. 시인은 말의 깊은 비밀인 숨결의 흐름과 싸운다. 이 싸움의 결과로 얻어지는 성공한 작품이란 무엇인가? 바로 인위적인 의도와 자연으로부터 온 재료의 일치다. 자연의 재료는 더 이상 인간의 의도에 저항하지 않으며, 그 반대도 마찬가지다. 자연의 재료는 인간의 의도 속에서 비로소 자신의 모습 자체를 찾는다고 해야 할 것이다. 흙은 도공이 생각한 그릇에 오롯이 담기고 신체는 무용수의 아이디어를 그대로 구현하며 중력을 이기고 떠오른다. 허파와 발음 기관이 만들어 내는 소리는 시인의 말과 구별되지 않는다. 그렇게 해서 예술 속에서 관념과 질료가 일치한다. 인위적인 것과 자연 이 두 가지가 최종적으로 예술을 통해 일치한다면, 예술은 서로 이질적인 것으로 보이는 두 가지의 통일, 곧 절대적인 것에 도달하는 길이라 할 수 있다.

시가 예술일 때 미학의 개념들을 생각하지 않고 지나칠 수는 없을 것이다. 예술은 일단 즐거움과 불쾌함의 문제였다. 즐거움은 아름다움에서 생기는 정서이고, 아름다움은 형식적 조화에서 느껴진다. 형식 없는 것으로부터 환기되는 단적으로 큰 것의 이념이 주는 압박에서 불쾌함이 생기며 이는 숭고의 느낌을 만들어 낸다. 이러한 아름다움과 숭고가 고전 미학의 기본적인 생각이다. 현대 시가 여전히 이런 미학적 개념들에 사로잡혀 있는지는 의문이다. 시는 이제 아름답지도 않고 숭고하지도 않으며, 이런 의미에선 미학(aesthetics) 바깥에 자리한다. 그것은 지성으로부터 유래하는 문법('이것은 아름답다'와 '이것은 숭고하다'라는 판단을 만드는 문법) 자체를 파괴하는 많은 방식으로 감성을 찌른다는 점에서 감성론(aesthetics)의 영역에 들어서 있을 뿐이다. 문법 없이 파괴된 정신의 언어가 겨우 이 감성의 소여를 응대할 것이다.

시가 아닌 실용적인 말들이 있다. 영수증, 계약서, 연설문, 선언, 논문, 선전문 등이 말의 대부분을 이룬다. 이 말들은 의미, 권력, 이익 등을 손수레처럼 나르는 일을 하는 도구다. 시의 말은 이런 도구의 유용성을 위해 봉사하지 않는다. 시는 차분히 말하고 혼자 보채고 수다 떨지만 의미 전달 같은 것엔 그다지 관심 없는 덜컹거리는 빈 수레다. 그 텅 빈 수레는 그 자체로 물신숭배의 대상처럼 빛날 뿐이다. 시는 읽고 듣는 이에게 자신의 도래를 고지(告知)하지만, 마치 인간 앞에 나타난 낯선 신처럼 자신이 왔다는 그 고지 외에는 어떤 의미도 적극적으로 가져오지 않는다. 따라서 시 앞에서 의미 또는 정보를 찾으려면 혐오감을 가질 수도, 당황할 수도, 지루할 수도 있다. 아니면 어떤 메시지를 고지받았다는 착각 속에 긴 경전을 쓸 수도 있다. 어찌됐건 고지받은 이의 정신은 피할 수 없이 계란처럼 금이 간다. 이제 그는 그가 지금껏 속했던 세계로부터 어색한 거리를 가지게 되었다는 것을 깨닫는다. 그 거리는 이민선에서 바라보는 해안선처럼 점점 멀어질 것이다. 한 세계 안에 있더라도 그는 이제 거주자가 아니라 그 세계 밖에 있는 듯 방황하는 자다.

그렇더라도 저 방황과 시의 성공을 과장해서는 안 된다. 사람들은 쉽게 자신의 세계로 돌아가며, 오래된 극장을 밝히는 줄 알았던 시의 불은 잠깐 눈 돌린 사이 꺼져버린다. 결국 시는 장식품이었던 것이다. 바보같이 누구를 욕해야 할까? 캡슐에 누워 깜박 조는 사이 파괴된 지구로 귀환한 것처럼, 시인은 사라졌고 시는 들리지 않는다. 가르침은 이것이다. 시는 매우 비(非)시적이면서 동시에 시를 환영하는, 즉 모든 것이 가짜인 자신의 행성에 안착하는 어려운 법을 이제 배워야 한다.

그런데 시의 말은 누가 하는가? 시의 말을 만들어 내는 것은 당연하게도 말함의 욕망이다. 이 욕망은 도시가 생기면 필연적으로 소음이 발생하는 것처럼 시의 말을 생산한다. 시를 말하는 욕망은 한 인물의 고정된 정체성에 앞선다. 고정된 한 인물이 발화자일 때 말은 시가 아니라 그 인물이 수행해야 하는 기능이다. 가령 선생은 선생처럼 말하며, 동시에 선생 아닌 것처럼 말하면 안 된다. 이렇게 인물의 말은 인물이 자신의 기능에 맞춰 따라야 하는 규범의 지배를 받는다. 당연하게도 시의 발화에는 인물의 말함에 따라 다니는 규범이 없다. 그러므로 시를 생산하는 말함의 욕망은 한 인물의 이름 안에 자신의 영혼을 남겨 두지 않는 익명적인 것이다.

　　그런 까닭에 시를 쏟아 내는 한 이름 아래 한 인물이 아니라 네거리를 지나다니는 행인들처럼 다수가 우글거린다. 발화하는 자는 자신의 이름표를 달아 발화를 자기 바구니에 집어넣지만, 마치 바구니의 밑바닥이 터진 것처럼 발화는 익명의 자유를 획득한다. 인물들은 환등기의 사진처럼 욕망의 빛 앞을 지나며 잠깐씩 빛나고 사라진다. 인물들은 미친 자일 수도, 가족의 한 사람일 수도, 채무자일 수도, 스스로 이성을 머리에 탑재하고 있다고 믿는 학자나 학생일 수도, 난봉꾼이나 도덕주의자일 수도 있다. 이 모든 시적 화자는 익명의 욕망이 쓰고 버리는 가면일 뿐이다. 나, 너, 그, 우리, 무엇이 되었건, 작은 카바레들 같은 저 이름들은 익명의 욕망이 전설의 춤을 추는 제비처럼 잠깐 들러, 온갖 잊지 못할 말을 귀부인의 귀에 속삭이고 냉큼 떠나는 업장들일 뿐이다. 그는 영영 붙잡을 수 없는 범인처럼 정체가 없다.

시의 말이 출현했을 때 그 효과는 무엇일까? 앞서 말했 듯 시의 말은 어떤 유용성에도 봉사하지 않는다. 그것은 도구가 아니다. 시의 말은 자신이 표현하는 것과 구별되지 않으며, 자신이 표현하는 것 그 자체와 함께 처음으로 세상에 모습을 내보인다. 대지와 하늘, 그리고 인간들의 삶은 비로소 시 속에서 그 자체로 모습을 나타낸다. 예컨대 시의 말은 대지를 용도에 맞추어 거래하지 않고 견적을 산출하지도 않는다. 대지의 의미가 무엇인지 전달해 주지도 않는다. 그것은 대지를 사용하지 않고 의미의 질서 속에 귀속시키지도 않고 그 자체로 드러낼 뿐이다.

그러나 그렇게 드러나는 것은 어떤 것의 '본질'이 아니다. 시는 본질에 관심이 없다.

본질이란 무엇일까? 오래된 믿음이 말하듯 그것은 이데아처럼 고정된 어떤 것인가? 반대로, 사람들의 관심에 따라 움직이는 것이리라. 시의 말도, 화가가 그리는 형태도, 음악의 화성도 하나의 본질을 겨냥하지 않는다. 예컨대 '자유'는 수없이 다르게 노래되며, '붉은색 사과'는 수없이 다르게 그려진다. 그래서 자유나 사과라는 말은 낱낱의 상이한 것들을 임의적인 하나의 관점에서만 한데 묶을 수 있는 아주 허약한 끈이 되어 버린다. 시 쓰기는 결코 바벨 이전의 최초의 말, 사물의 본질을 간직한 말, 신의 숨소리로 거슬러 올라가는 순수한 말을 찾아 헤매는 모험이 아니다. 그것은 오히려 변동하는 상품 가격 속에서 절망하며 매번 다른 답을 찾는 주부의 장보기 같은 것이다.

같은 맥락에서 시는 인간이 오래도록 가져왔다고 이야기하기도 하는 신화적 환상을 만족시켜 주지 않을 것이다. 시는 신화에 향수를 느끼는 관습과 법도 싫어한다. 사물들의 제자리를 가리켜 보이는 이야기, 성스러운 말, 울타리 쳐진 정원과 그로부터의 타락, 신성한 지역의 경계를 범하는 과오에 대한 처벌, 신성함이 세속적인 방식으로 살아남은 '고향'이란 관념, 이런 유의 것들에 경도된 철학과 문학이 시의 말을 방해한다. 인간은 변해 왔을 뿐 잃어버린 원형을 가지고 있지 않다. 다만 신화가 존중받는다면, 한 신화 어딘가에 숨어 있다가 불시에 나타나 그 신화에 이의를 제기하는 보잘것없는 인물 때문일 것이고, 이 인물은 시의 힘을 간직할 것이다.

그런데 욕망을 변화하게 하고 옛 무기를 불에 던지듯 고정된 본질을 녹이는, 그래서 모든 정황을 바꾸는, 한 마디로 '역사'를 흐르게 하는 것은 무엇일까? 바로 타자(他者)의 말이다. 대화의 장에서 의미 있는 것으로 식별되며, 대화의 가정된 규범을 지키는 그런 대화 상대방으로서 타자의 말을 가리키는 것이 아니다. 타자의 말은 마치 과학

자의 강의 중에 들어와 강의실의 귀신을 쫓는 무속인의 말과 같이 찾아온다. 요컨대 타자의 말은 '무의미'하다.

무의미하지 않다면 그것은 유의미일 것이고, 유의미는 오로지 그것을 유의미로 파악하는 자의 정신 때문에 유의미한 것이다. 곧 유의미는 타자의 말이 아니라 그것을 유의미하게 듣는 자의 정신의 말이다. 이렇기에 무의미야말로 낯선 것과의 조우이다. 그런데 이 무의미는 응답을 요구한다. 바로 무의미이기 때문에 응답을 요구하는 것이다. 유의미와 마주했을 때 정신은 그 의미에서 유래하는 바들을 추론할 수 있으며, 이때 이 추론은 궁극적으로 정신 내재적인 과정이다. 반면 무의미는 정신으로부터 유래할 수 없는 낯선 것과의 조우이다. 따라서 무의미와 부딪혀 말이 시작된다면 이는 무의미의 요구 때문이다. 욕망이 시를 말하게끔 하는 추동력이 바로 저 무의미이다. 이런 무의미는 답을 찾을 수 있는 의혹을 제기하게 하는 자가 아니라 모든 것을 나락에 빠트리는 무(無)와도 같다. 연애의 해결할 수 없는 종말에서, 정복자가 체험하는 노력하고 계산해도 극복할 수 없는 이민족에게서 바로 사람들은 타자의 말의 무의미와 조우한다. 절박하게 생각하게끔, 말하게끔 강제하는 무의미 말이다.

사물과 인간사는 이런 타자, 난입자에 의해 계속 바뀐다. 시적 인간은 울타리 쳐진 땅의 주인 또는 고향을 사랑하는 토박이가 아니라 그 자체 하나의 난입자이며 또, 다른 난입자, 타자와 조우한다. 그렇게 이 시적 인간은 영원히 떠돌며 변화하고, 그렇게 함으로써 어디서든 토박이의 자리 자체를 부유(浮游)하게 만든다.

그러니 차라리, 중심과 경계를 가지며, 부여된 의미 속에 머무는 사물들로 채워진 '세계'라는 개념 자체가 유효하지 않다. 당연히 세계 바깥, 즉 외재성 또는 초월성이란 개념도 유효하지 않다. 시 쓰기는 경계가 없는 어떤 공간에서 고정된 고향, 거주지를 가지지 않는 자가 말하는 일이다. 이 말하는 자는 고향과 거주지가 없으므로 언제나 가난하다. 뿌리가 뽑혀 있기에 아무것도 그에겐 전승되지 않았고, 아무것도 축적할 수 없다. 또한 초월적인 것으로부터의 부름이라는 착각에 빠지기에는 시는 너무도 명민하다.

모국어도 시인에겐 적응할 수 없는 학교의 훈육처럼 고통스러운 조건일 뿐이다. 누가 국어에 대한 애정 때문에 시를 쓴단 말인가? 시인은 엄마 품에서가 아니라 전쟁고아가 비정한 거리에서 말을 배우듯 국어를 만나, 이 혹독한 국어를 뚫고서 시를 쓴다. 그러니까 시작(詩作)은, 어떤 것이든 주어진 언어를 깨트리고 언어를 생성하는 창조 행위다. 시인은 어머니 대지의 흙이 아니라 그냥 시멘트에 던져진 씨앗이 소리를 내며 구르듯 글을 쓸 뿐이고, 그러니 시 쓰기는 시작(始作)부터가 죽음인 이상한 창조 행위다.

당연히 이런 시인의 말하기는 태초의 신의 말을 흉내

내 사물에 이름을 붙이려는, 하나의 보기 좋은 세계를 일으키려는 행위가 아니다. 신이 명명하는 순간부터 이름 가진 모든 것은 진정하지 못하고 마음에 들지 않는 옷을 벗어 버리듯 이름을 벗고 변화했다. 변질이 말과 사물의 '본질'인 것이다.

시 쓰기는 인간, 사물, 강과 숲길의 원래 이름을 찾는 일이 아니라 생명과 물질의 물리적, 화학적 변질을 다루는 일이다. 이 변질의 작용은 고정된 것들과 그것들을 지키기 위해 세워진 울타리를 침범한다. 정주민의 거주 환경을 이루는 강이 아니라 물이나 진흙, 그리고 이런 것들이 수시로 이동시키는 물길이 관건이다.

그리고 고정된 이름 아래 머물지 않는 두 신체 사이의 땀과 그 밖의 액체의 뒤섞임이 문제이다. 눈물, 타액, 죽기 직전 혈관을 터트릴 것 같은 혈액, 서로 결합하는 체액 등 쉴 새 없이 움직이는 유체가 신체다. 가령 연애시는 타자와의 예기치 않은 만남이 만들어 내는 이 지칠 줄 모르는 유체의 변화에 대한 화학자의 기록 같은 것이리라. 사랑은 육체의 효과인 정서의 놀이며, 이 놀이에 완벽히 끌려 들어가 자아는 부러진 못처럼 사라져 버린다. 허물어진 자아의 진흙은 유체가 그렇듯 쓸려 내려가 어쩌면 숨구멍을 찾을 것이고 깜짝 놀란 예언자는 이 유체의 한순간이 영원한 최초인 줄 알고 숨 쉬는 진흙의 이야기를 만들지도 모른다.

오후의 무거워지는 햇살이 그렇듯 요소들이 중력의 지배를 받는 일, 알코올에 물드는 뇌나 차가워지면 붉어지는 잎사귀에서 보듯 조직에 색깔이 섞여 드는 일이 관건이다. 시의 말은 이런 것들을 그려 내는 것이 아니라, 이런 요소들과 구별되지 않는 채로 변화한다. 그것은 불타는 플라스틱의 나쁜 냄새나 검은 연기처럼 구불거리며 움직인다.

지은이 **서동욱**

1995년 《세계의 문학》으로 등단하였으며
시집 『랭보가 시쓰기를 그만둔 날』『우주전쟁 중에 첫사랑』
『곡면의 힘』이 있다.

유물론

1판 1쇄 찍음 2025년 3월 28일
1판 1쇄 펴냄 2025년 4월 11일

지은이 서동욱
발행인 박근섭, 박상준
펴낸곳 (주)민음사

출판등록 1966. 5.19. (제16-490호)
서울특별시 강남구 도산대로1길 62(신사동)
강남출판문화센터 5층 (06027)
대표전화 02-515-2000 / 팩시밀리 02-515-2007
www.minumsa.com

ISBN 978-89-374-0950-9 (04810)
    978-89-374-0802-1 (세트)

* 잘못 만들어진 책은 구입처에서 교환해 드립니다.

민음의 시
목록